BAĞIMSIZLIK BENİM KARAKTERİMDİR

MUSTAFA KEMAL
ATATÜRK

Aylak Adam: Aforizma

ISBN: 978-605-9691-84-0
Sertifika No: 35073

1. Basım: Mart 2017
2. Basım: Haziran 2017

Yayın Yönetmeni: Kaya Tokmakçıoğlu
Mizanpaj: Ulaş Kantemir

Baskı: Yıkılmazlar Basım Yay. Prom. ve Kağıt San.
Tic. Ltd. Şti. Evren Mah. Gülbahar Cad. No: 62/C
Güneşli - İstanbul (0212 630 64 73)
Matbaa Sertifika No: 11965

Aylak Adam Kültür Sanat Yayıncılık Tic. Ltd. Şti.
Hobyar Mah. Cemal Nadir Sok. Ferah Han No:16/22 Fatih/İstanbul
Tel: (0542) 586 7961

bilgi@aylakadamyayinlari.com
aylakadamyayinlari.com
facebook.com/aylakadamyayinlari
twitter.com/aylakadamyayin

BAĞIMSIZLIK BENİM KARAKTERİMDİR

MUSTAFA KEMAL
ATATÜRK

özlüsözler

derleyen
hüseyin coşkun

AYLAK
ADAM

Kırk asırlık Türk yurdu, yabancı elinde kalamaz.

§

Biz Türkler ruhen demokrat doğmuş bir milletiz.

§

Akıl ve mantığın halledemeyeceği mesele yoktur.

§

Gerçek işgaller kılıçla değil sabanla yapılır.

§

Türk esirlik kabul etmeyen bir millettir.

Dünya yüzünde gördüğümüz her şey kadının eseridir.

§

İstiklal, istikbal, hürriyet, her şey adaletle kaimdir!

§

Benim müstesna olduğuma dair bir kanım yoktur.

§

Sanatçı el öpmez! Bilakis, sanatçının eli öpülür!

§

Türkler, bütün uygar milletlerin dostlarıdır.

§

En büyük savaş cahilliğe karşı yapılan savaştır.

§

Uygarlık doruğunun merdiveni sanattır.

§

Türkiye Cumhuriyeti'nin temeli kültürdür.

Vatanını en çok seven, görevini en iyi yapandır.

§

Tüketici yaşamak iyi değildir. Üretici olalım.

§

Egemenlik kayıtsız şartsız milletindir.

§

Sağlam kafa sağlam vücutta bulunur.

§

Korku üzerine egemenlik kurulamaz.

§

Büyük şeyleri büyük milletler yapar.

§

Gerçeği konuşmaktan korkmayınız.

§

Emperyalizm ölüme mahkûmdur.

Kendiniz için değil bağlı bulunduğunuz ulus için elbirliği ile çalışınız. Çalışmaların en yükseği budur.

§

Öğretmenler! Cumhuriyet sizden düşünceleri hür, vicdanı hür, irfanı hür nesiller ister.

§

Hiçbir şeye ihtiyacımız yok, yalnız bir şeye ihtiyacımız vardır: çalışkan olmak!

§

Türkiye Cumhuriyeti'ni kuran Türkiye halkına Türk milleti denir...

§

Cumhuriyet'i kuranlar onu korumaya da muktedir olmalıdır.

§

Öğretmen bir kandile benzer, kendini tüketerek başkalarına ışık verir.

§

Bilelim ki, milli benliğini bilmeyen milletler, başka milletlere yem olurlar.

Bir dinin tabii olması için akla, fenne, ilme ve mantığa uygun olması lazımdır.

§

Medeniyetin emir ve talep ettiğini yapmak insan olmak için yeterlidir.

§

Basın milletin müşterek sesidir. Başlıbaşına bir kuvvet, bir okul, bir öncüdür.

§

Biz kimsenin düşmanı değiliz. Yalnız insanlığın düşmanı olanların düşmanıyız.

§

Tarih bir milletin kanını, varlığını hiçbir zaman inkâr edemez.

§

Memleket mutlaka modern, medeni ve yeni olacaktır. Bizim için bu hayat davasıdır.

§

Millete efendilik yoktur. Hizmet vardır. Bu millete hizmet eden onun efendisi olur.

Büyük başarılar, değerli anaların yetiştirdikleri seçkin çocukların yardımıyla meydana gelir.

§

Bizim milletimiz, vatanı için, hürriyeti ve egemenliği için fedakâr bir halktır.

§

Benim fikirlerimi, benim duygularımı anlıyorsanız ve hissediyorsanız bu yeterlidir.

§

Kılıç ve saban; bu iki fatihten birincisi, ikincisine daima mağlup oldu.

§

Türkiye Cumhuriyeti mutlu, zengin ve muzaffer olacaktır.

§

Ben askerliğin her şeyden ziyade sanatkârlığını severim.

§

Yarım hazırlıkla, yarım tedbirle taarruz, hiç taarruz etmemekten daha fenadır.

Köylü, hepimizin velinimetidir. Bu necip unsurun refahını düşüneceğiz.

§

Komşularıyla ve bütün devletlerle iyi geçinmek, Türkiye siyasetinin esasıdır.

§

Vatana ihanetin nedeni olmaz! Er yada geç bedeli olur…

§

Milli sınırlar içinde bulunan yurt parçaları bir bütündür; birbirinden ayrılamaz.

§

Milli mücadelelere şahsî hırs değil, milli ideal, milli onur sebep olmuştur.

§

Sanatsız kalan bir milletin hayat damarlarından biri kopmuş demektir.

§

Beni övme sözlerini bırakınız; gelecek için neler yapacağız, onları söyleyin!

Bağımsızlık, uğruna ölmesini bilen toplumların hakkıdır.

§

Tarihimiz en mutlu dönemi, hükümdarlarımızın halife olmadıkları zamandır.

§

Milletin saltanat ve hakimiyet makamı yalnız ve ancak Türkiye Büyük Millet Meclisi'dir.

§

Bizim ahenktar, zengin lisanımız yeni Türk harfleriyle kendini gösterecektir.

§

Muhtaç olduğun kudret, damarlarındaki asil kanda mevcuttur.

§

Hiçbir iyi inkılap, hakikati görenler dışında ekseriyetin reyine müracaatla yapılamaz.

§

Türk kadını dünyanın en aydın ve faziletli ve en ağır kadını olmalıdır.

Milleti ve içtimai zemini hazırlamadan inkılaplar yapılamaz.

§

Meseleleri hadiselere göre değil, aslında olduğu gibi ele almak lazımdır.

§

Bir ulus, bir toplum yalnız bir kişinin çabası ile adımcık bile atamaz.

§

Herhalde alemde bir hak vardır ve hak kuvvetin üstündedir.

§

Tatbik eden, icra eden, karar verenden daima daha kuvvetlidir.

§

Fikirler, cebir ve şiddetle, top ve tüfekle asla öldürülemez.

§

Büyük ölülere yas gerekmez, düşüncelerine bağlılık gerekir.

Okul sayesinde, okulun vereceği ilim ve fen sayesindedir ki, Türk milleti, Türk sanatı, Türk iktisadiyatı, Türk şiir ve edebiyatı bütün güzellikleriyle gelişir.

§

Milletleri kurtaranlar yalnız ve ancak öğretmenlerdir. Öğretmenden, eğiticiden mahrum bir millet, henüz bir millet adını alma yeteneği kazanmamıştır.

§

Tarihi yaşadığımız gibi yazdık, fakat geleceği Cumhuriyet'e inananlara, onu koruyanlara ve yaşatacaklara emanet etmek lazımdır.

§

Arkadaşlar! Devrimimiz Türkiye'nin yüzyıllar için mutluluğunu üstlenmiştir. Bize düşen onu kavrayarak ve takdir ederek çalışmaktır.

§

Yabancılardan insaf ve iyilik dilenmek gibi bir ilke yoktur. Türk ulusu, Türk ilinin gelecek çocukları bunu bir an olsun akıllarından çıkarmamalıdır.

§

Yeni kuşak, en büyük cumhuriyetçilik dersini bugünkü öğretmenler topluluğundan ve onların yetiştirecekleri öğretmenlerden alacaktır.

Hiçbir zafer amaç değildir. Zafer, ancak kendisinden daha büyük bir amacı elde etmek için belli başlı bir vasıtadır.

§

Ekonomik kalkınma, Türkiye'nin hür, müstakil, daima daha kuvvetli, daima daha refahlı Türkiye idealinin belkemiğidir.

§

Gençliği yetiştiriniz. Onlara ilim ve irfanın müspet fikirlerini veriniz. Geleceğin aydınlığına onlarla kavuşacaksınız.

§

Süngülerle, silahlarla ve kanla kazandığımız askeri zaferlerden sonra, kültür, bilim, fen ve ekonomi alanlarında da zaferler kazanmaya devam edeceğiz.

§

Zafer, "Zafer benimdir" diyebilenindir. Başarı ise, "Başaracağım" diye başlayarak sonunda "Başardım" diyebilenindir.

§

Bizim başka milletlerden hiçbir eksiğimiz yok. Cesuruz, zekiyiz, çalışkanız, Yüksek amaçlar uğrunda ölmesini biliriz.

Gerektiğinde vatan için bir tek fert gibi yekpare azim ve karar ile çalışmasını bilen bir millet elbette büyük bir geleceğe layık ve aday olan bir millettir.

§

Beni görmek demek mutlaka yüzümü görmek demek değildir. Benim fikirlerimi, benim duygularımı anlıyorsanız ve hissediyorsanız bu yeterlidir.

§

Giriştiğimiz büyük işlerde, milletimizin yüksek kabiliyet ve yüksek sağduyusu başlıca rehberimiz ve başarı kaynağımız olmuştur.

§

Her çiftçi ailesinin geçineceği ve çalışacağı toprağa sahip olması mutlaka lazımdır. Vatanın sağlam temeli ve bayındır hale getirilmesi bu esastadır.

§

Türkiye'nin gerçek efendisi, hakiki üretici olan köylüdür. O halde, herkesten daha çok refah, saadet ve servete müstehak olan köylüdür.

§

Artık Türkiye, din ve şeriat oyunlarına sahne olmaktan çok yüksektir. Bu gibi oyuncular varsa, kendilerine başka taraflarda sahne arasınlar.

Az zamanda çok ve büyük işler yaptık. Bu işlerin en büyüğü, temeli, Türk kahramanlığı ve yüksek Türk kültürü olan Türkiye Cumhuriyeti'dir.

§

Birbirimize daima gerçeği söyleyeceğiz. Felaket ve saadet getirsin, iyi ve fena olsun, daima gerçekten ayrılmayacağız.

§

Ben, savaşlarda bile düşmanın üzerinde bir kin duymam; yalnız askerlik kurallarının uygulanmasını düşünürüm.

§

Cumhuriyet idaresini, Cumhuriyet'ten söz etmeksizin milli hâkimiyet esasları içinde her an Cumhuriyet'e doğru yürüyen şekilde toplamaya çalışıyorduk.

§

Cumhuriyet'i, onun gereklerini yüksek sesle anlatınız. Cumhuriyet ilkelerini sevdiriniz. Bunu kalplere yerleştirmek için hiçbir fırsatı ihmal etmeyiniz.

§

Bugünün ihtiyaçlarına uygun kanun yapmak ve onu iyi uygulamak refah ve ilerleme vasıtalarının en mühimlerindendir.

Çağdaş bir cumhuriyet kurmak demek, milletin insanca yaşamasını bilmesi, insanca yaşamanın neye bağlı olduğunu öğrenmesi demektir.

§

Çocukken fakirdim. İki kuruş elime geçince bunun bir kuruşunu kitaba verirdim. Eğer böyle olmasaydı bu yaptıklarımın hiçbirini yapamazdım.

§

En iyi fertler kendinden ziyade mensup olduğu toplumu düşünen, onun varlığının ve mutluluğunun korunmasına hayatını veren insanlardır.

§

İnsanlığın bütününün refahı, açlık ve baskının yerine geçmelidir. Dünya vatandaşları, kıskançlık, açgözlülük ve kinden uzaklaşacak şekilde eğitilmelidir.

§

İnsanlar, toplumsal hayatta haklardan ve vazifelerden örülmüş bir ağ içinde düşünülebilir. İnsanlar, insan kaldıkça bu ağdan çıkamazlar.

§

Millî emeller, millî irade yalnız bir şahsın düşüncesinden değil, bütün millet fertlerinin arzularının, emellerinin birleşmesinden ibarettir.

Tarih yazmak, tarih yapmak kadar mühimdir. Yazan yapana sadık kalmazsa değişmeyen hakikat, insanlığı şaşırtacak bir mahiyet alır.

§

Ölmek isteyen bir milleti hiçbir kuvvet kurtaramaz. Türk milleti ölmek istemez; o, daima yaşayacaktır efendiler!

§

Tam bağımsızlık, bizim bugün üzerimize aldığımız görevin özüdür. Bu görev, bütün ulusa ve tarihe karşı yüklenilmiştir.

§

Yabancı bir devletin himaye ve desteğini kabul etmek, insanlık özelliklerinden mahrumiyeti, beceriksizlik ve miskinliği itiraftan başka bir şey değildir.

§

Yeni kuşak, en büyük cumhuriyetçilik dersini bugünkü öğretmenler topluluğundan ve onların yetiştirecekleri öğretmenlerden alacaktır.

§

Türk Milleti'nin yürümekte olduğu ilerleme ve uygarlık yolunda, elinde ve kafasında tuttuğu meşale pozitif bilimdir.

Hükümetlerin icraatı menfi olup da millet itiraz etmez ve iktidarı düşürmezse bütün kusur ve kabahatlere katılmış demektir.

§

Biz doğrudan doğruya millet severiz ve Türk milliyetçisiyiz. Cumhuriyetimizin dayanağı Türk topluluğudur.

§

Efendiler biz hayat ve istiklal isteyen bir milletiz. Ve yalnız ve ancak bunun için hayatımızı yok etmeyi göze alırız.

§

Efendiler siz hayatınızda mebus olabilirsiniz, bakan olabilirsiniz, hatta cumhurbaşkanı olabilirsiniz. Fakat hiçbir zaman sanatkâr olamazsınız.

§

Sayın öğretmenler, hiçbir zaman düşüncelerinizden çıkmasın ki Cumhuriyet sizden fikri hür, vicdanı hür, irfanı hür nesiller ister.

§

Hayatta tam mutluluk ve esenlik ancak gelecek kuşakların şerefi, varlığı, esenliği için çalışmakta bulunabilir.

Hiçbirimiz tekkelerin irsadına muhtaç değiliz. Biz medeniyet, ilim ve fenden kuvvet alıyoruz. Başka bir şey tanımıyoruz.

§

Medeniyetin coşkun seli karşısında mukavemet boşunadır. O, gafil ve itaatsizler hakkında çok amansız davranır.

§

Milletimi şimdiye kadar söylediğim sözlerle ve hareketlerimle aldatmamış olmakla gurur duyuyorum.

§

Fıkıhtaki "zamanın değişmesiyle hükümlerin değişmesi inkâr olunamaz" kaidesi, adalet siyasetimizin temel taşıdır.

§

Hissiyati ve vicdani telakkiyati, ilim ve fenle besleyip eğiterek toplumun gerçek huzur ve saadetine çalışmak ulvi bir görüştür.

§

Her Türk ferdinin son nefesi, Türk Milleti'nin nefesinin sönmeyeceğini, onun ebedi olduğunu göstermelidir.

Sarık ve cüppeyle artık dünyada muvaffak olmanın imkanı yoktur. Yaptığımız muazzam inkılaplarla medeni bir millet olduğumuzu cihana ispat ettik.

§

Gerektiğinde vatan için bir tek fert gibi yekpare azim ve karar ile çalışmasını bilen bir millet elbette büyük bir geleceğe layık ve aday olan bir millettir.

§

Eskiden dinler, bilimler, sanatlar, bütün bilgelikler ve şiirler, bir merkezden ışığın dağılması gibi doğudan batının karanlık bölgelerine doğru yayılırdı.

§

Herkes ulusal görevini ve sorumluluğunu bilmeli, memleket meseleleri üzerinde o düşünceyle, düşünüp çalışmayı görev edinmelidir.

§

Ben ölürsem soylu ulusumuzun birlikte yürüdüğümüz yoldan asla ayrılmayacağına eminim; bununla gönlüm rahat!

§

Ey yükselen yeni nesil, istikbal sizindir. Cumhuriyet'i biz kurduk, O'nu yükseltecek ve sürdürecek sizlersiniz.

Bizim barış ülküsüne ne kadar bağlı olduğumuzu, bu ülkünün güvenlik altına alınmasındaki dileğimizin ne kadar esaslı bulunduğunu izaha lüzum görmüyorum.

§

Ey Türk Gençliği! Birinci vazifen, Türk istiklâlini, Türk Cumhuriyeti'ni, ilelebet, muhafaza ve müdafaa etmektir.

§

Bizce, Türkiye Cumhuriyeti anlamınca kadın, bütün Türk tarihinde olduğu gibi bugün de en saygın düzeyde, her şeyin üstünde yüksek ve şerefli bir varlıktır.

§

Ben, yalnızca evlenmek için evlenmek istemiyorum. Vatanımızda yeni bir aile yaşamı yaratmak için önce kendim örnek olmalıyım.

§

Siyasi, askeri zaferler ne kadar büyük olurlarsa olsunlar, ekonomik zaferlerle taçlandırılmazlarsa meydana gelen zaferler devamlı olamaz, az zamanda söner.

§

Bir millet ki resim yapmaz, bir millet ki heykel yapmaz, bir millet ki tekniğin gerektirdiği şeyleri yapmaz, itiraf etmeli ki o milletin ilerleme yolunda yeri yoktur.

Yaptığımız ve yapmakta olduğumuz inkılapların amacı, Türkiye Cumhuriyeti halkını tamamen çağımıza uygun ve bütün mana ve biçimiyle uygar bir toplum haline değiştirmektir.

§

Tam bağımsızlık, ancak mali bağımsızlık ile mümkündür. Bir devletin maliyesi bağımsızlıktan yoksun olunca, o devletin bütün hayat ışıklarında bağımsızlık felç olur.

§

Türk Milleti bağımsız yaşamış ve bağımsızlığı varolmalarının yegâne koşulu olarak kabul etmiş cesur insanların torunlarıdır. Bu millet hiçbir zaman hür olmadan yaşamamıştır, yaşayamaz ve yaşamayacaktır.

§

Ne kadar zengin ve müreffeh olursa olsun, istiklâlden mahrum bir millet, medenî insanlık karşısında uşak olmak mevkiinden yüksek bir muameleye lâyık sayılamaz.

§

Türklüğün unutulmuş büyük medeni vasfı ve büyük medeni kabiliyeti, bundan sonraki gelişmesi ile geleceğin yüksek medeniyet ufkunda yeni bir güneş gibi doğacaktır.

Türk milleti güzel her şeyi, her medeni şeyi, her yüksek şeyi sever, takdir eder. Fakat muhakkaktır ki, her şeyin üstünde taktir ettiği bir şey varsa o da kahramanlıktır.

§

Bizim dinimiz, ulusumuza, değersiz, miskin ve aşağı olmayı salık vermez. Tersine Allah da, Peygamber de insanların ve ulusların onur ve şereflerini korumalarını buyuruyor.

§

Bir kelime ile ifade etmek gerekirse, diyebiliriz ki yeni Türkiye Devleti bir halk devletidir; halkın devletidir. Mazi kurumları ise bir şahıs devleti idi, şahıslar devleti idi.

§

Cumhuriyet rejimi demek demokrasi sistemi ile devlet şekli demektir. Biz Cumhuriyet'i kurduk, Cumhuriyet 10 yaşını doldururken demokrasinin bütün icaplarını sırası geldikçe koymalıdır.

§

Büyük devletler kuran ecdadımız büyük ve geniş kapsamlı medeniyetlere de sahip olmuştur. Bunu aramak, tetkik etmek Türklüğe ve cihana bildirmek bizim için bir borçtur.

Cumhuriyet, yeni ve sağlam esaslarıyla, Türk milletini emin ve sağlam bir gelecek yoluna koyduğu kadar, asıl fikirlerde ve ruhlarda yarattığı güvenlik itibariyle, büsbütün yeni bir hayatın müjdecisi olmuştur.

§

Cumhuriyetçilik ve toplumsal inkılâp, lâiklik ve yenilikseverlik, Türk'ün öz malı ve özelliği hâline geldiğini görmek, benim için büyük bir bahtiyarlık olacaktır.

§

İnkılabın temellerini her gün derinleştirmek, desteklemek lazımdır. Birbirimizi aldatmayalım, uygar dünya çok ileridedir. Buna yetişmek, o uygarlık dairesine dahil olmak mecburiyetindeyiz.

§

Gençliği yetiştiriniz. Onlara ilim ve irfanın müspet fikirlerini veriniz. Geleceğin aydınlığına onlarla kavuşacaksınız. Hür fikirler uygulamaya geçtiği vakit, Türk milleti yükselecektir.

§

İnsanların hayatına, faaliyetine hakim olan kuvvet yaratıcılık ve icat kabiliyetidir. İcadı ve yaratıcılığı yapabilen insanların ise, mutlaka kültürlü olmalarının şart olduğu tebarüz etmiştir.

Uygarlık yolunda başarı yenileşmeye bağlıdır. Sosyal hayatta, iktisadi hayatta, ilim ve fen sahasında başarılı olmak için yegâne gelişme ve ilerleme yolu budur.

§

Masum halka beş vakit namazdan başka, geceleri de fazla namaz kılmayı vaiz ve nasihat etmek belki de ömründe hiç namaz kılmamış olan bir politikacı tarafından olursa bu hareketin hedefi anlaşılmaz olur mu?

§

Bir memleketin, bir memleket halkının düşmandan zarar görmesi acıdır. Fakat kendi ırkından büyük tanıdığı insanlardan vefasızlık, felaket görmesi daha acıdır.

§

Çalışma, insanların vücut kuvvetlerini geliştirir ve hayat için gereken şeyleri temin eder. Çalışmaksızın, fikri gelişme ve ahlaki ilerleme de mümkün değildir. Tembellik bütün fenalıkların anasıdır.

§

Kadınlarımız erkeklerden daha çok aydın, daha çok verimli, daha çok bilgili olmak zorunluluğundadır. Gerçekten ulusun anası olmak istiyorlarsa böyle olmalıdırlar.

Mal ve mülk, bana ağırlık veriyor. Bunları, soylu ulusuma geri vermekle büyük gönül açıklığı duyuyorum. Varsıllıktan ne çıkar; insanın malı müllkü, kendi manevî kişiliğinde olmalıdır!

§

Biz, eğer ulus ve tarih önünde herhangi bir hata işliyorsak, bunun sorumluluğunu vicdan ve sağduyumuzda hissetmekten ve ödemekten, hiçbir zaman çekinecek insanlar değiliz.

§

Büyük devletler kuran ecdadımız, büyük ve şumullü medeniyetlere de sahip olmuştur. Bunu aramak, tetkik etmek, Türklüğe ve cihana bildirmek bizler için bir borçtur.

§

Çocukluk ne güzel... Çocuklar ne sevimli, ne tatlı yaratıklar değil mi? En çok hoşuma giden halleri nedir bilir misiniz? İkiyüzlülük bilmemeleri, bütün istek ve duygularını, içlerinden geldiği gibi açıklamaları...

§

Çocuk sevgisi insan için bir gereksinimdir. Hele yaş ilerledikçe bu gereksinim kendisini daha kuvvetle duyuruyor. Onun için de Ülkü'yü yanımdan ayırmak istemiyorum.

Benim Türk milletine, Türk cemiyetine, Türklüğün istikbaline ait ödevlerim bitmemiştir, siz onları tamamlayacaksınız. Siz de, sizden sonrakilere benim sözümü tekrar ediniz.

§

Milli egemenlik öyle bir nurdur ki, onun karşısında zincirler erir, taç ve tahtlar batar, mahvolur. Milletlerin esirliği üzerine kurulmuş müesseseler her tarafta yıkılmaya mahkûmdurlar.

§

Biz dine saygı gösteririz. Düşünüşe ve düşünceye karşı değiliz. Biz sadece din işlerini, millet ve devlet işleriyle karıştırmamaya çalışıyor, kasıt ve fiile dayanan tutucu hareketlerden sakınıyoruz.

§

Arkadaşlar! Gidip, Toros dağlarına bakınız, eğer orada bir tek yörük çadırı görürseniz ve o çadırda bir duman tütüyorsa, şunu çok iyi biliniz ki bu dünyada hiç bir güç ve kuvvet asla bizi yenemez.

§

Öyle istiyorum ki, Türk Dili bilim yöntemleriyle kurallarını ortaya koysun ve her dalda yazı yazanlar, bütün terimleriyle çoğunluğun anlayabileceği güzel, ahenkli dilimizi kullansınlar.

Bir millet eğitim ordusuna sahip olmadıkça, savaş meydanlarında ne kadar parlak zaferler elde ederse etsin, o zaferlerin kalıcı sonuçlar vermesi ancak eğitim ordusuyla mümkündür.

§

Bizim devlet idaresinde takip ettiğimiz prensipleri, gökten indiği sanılan kitapların dogmalarıyla asla bir tutmamalıdır. Biz, ilhamlarımızı, gökten ve gaipten değil, doğrudan doğruya hayattan almış bulunuyoruz.

§

Arkadaşlar, efendiler ve ey millet, iyi biliniz ki, Türkiye Cumhuriyeti şeyhler, dervişler, müritler, meczuplar memleketi olamaz. En doğru, en hakiki tarikat, medeniyet tarikatıdır.

§

Milletimiz her güçlük ve zorluk karşısında, durmadan ilerlemekte ve yükselmektedir. Büyük Türk Milleti'nin bu yoldaki hızını, her vasıtayla arttırmaya çalışmak, bizim hepimizin en kutlu vazifemizdir.

§

Çalışmak demek, boşuna yorulmak, terlemek değildir. Zamanın gereklerine göre bilim ve teknik ve her türlü uygar buluşlardan azami derecede istifade etmek zorunludur.

Devrim yasası, eldeki yasaların üstündedir. Bizi öldürmedikçe, bizim kafalarımızdaki akımı boğmadıkça, başladığımız devrim ve yenilik bir an bile durmayacaktır. Bizden sonraki dönemlerde de böyle olacaktır.

§

Zafer, bir fikrin istihsâline (elde edilmesine) hizmeti nispetinde kıymet ifade eder. Bir fikrin istihsâline dayanmayan bir zafer pâyidar olamaz. O, boş bir gayrettir.

§

Her büyük meydan muharebesinden, her büyük zaferin kazanılmasından sonra yeni bir âlem doğmalıdır, doğar. Yoksa başlı başına bir zafer, boşa gitmiş bir gayret olur.

§

Milletimiz, yaptığı devrimlerin kıskanç savunucusudur. Benliğinde bu erdemler yerleşmiş bir milleti, yürümekte olduğu doğru yoldan hiçbir kimse, hiçbir kuvvet alıkoyamaz.

§

Ahmaklar, memleketi Amerikan mandasına, İngiliz himayesine terk etmekle kurtulacak sanıyorlar. Kendi rahatlarını temin etmek için bir vatanı ve tarih boyunca devam edip gelen Türk istiklalini feda ediyorlar!

Bütün dünya bilsin ki, benim için bir yandaşlık vardır: Cumhuriyet yandaşlığı, düşünsel ve toplumsal devrim yandaşlığı. Bu noktada yeni Türkiye topluluğunda, bir bireyi bunun dışında düşünmek istemiyorum.

§

Sizler, yani yeni Türkiye'nin genç evlatları! Yorulsanız dahi beni takip edeceksiniz... Dinlenmemek üzere yürümeye karar verenler, asla ve asla yorulmazlar. Türk Gençliği gayeye, bizim yüksek idealimize durmadan, yorulmadan yürüyecektir.

§

Gerçi bize milliyetçi derler. Ama, biz öyle milliyetçileriz ki, işbirliği eden bütün milletlere hürmet ve riayet ederiz. Onların milliyetlerinin bütün icaplarını tanırız. Bizim milliyetçiliğimiz herhalde hodbince ve mağrurca bir milliyetçilik değildir.

§

Adımlarını, attığımız uygarlık ve yenilik adımlarına uydurmak istemeyenler ne talihsizdirler! Bu gibiler hâlâ milleti aldatacaklarını ümit ediyorlarsa bu ümitleri, kendilerinin zarara uğramalarından başka bir sonuç vermeyeceğine şimdiden emin olabilirler.

Müspet bilimlerin temellerine dayanan, güzel sanatları seven, fikir terbiyesinde olduğu kadar beden terbiyesinde de kabiliyeti artmış ve yükselmiş olan erdemli, kudretli bir nesil yetiştirmek ana siyasetimizin açık dileğidir.

§

Biz cahil dediğimiz zaman, mektepte okumamış olanları kastetmiyoruz. Kastettiğimiz ilim, hakikati bilmektir. Yoksa okumuş olanlardan en büyük cahiller çıktığı gibi, hiç okumak bilmeyenlerden de hakikati gören gerçek âlimler çıkabilir.

§

Her fert istediğini düşünmek, istediğine inanmak, kendine mahsus siyasi bir fikre sahip olmak, seçtiği bir dinin icaplarını yapmak veya yapmamak hak ve hürriyetine sahiptir. Kimsenin fikrine ve vicdanına hakim olunamaz.

§

Türkiye'nin asıl sahibi ve efendisi, gerçek üretici olan köylüdür. O halde, herkesten daha çok refah, saadet ve servete müstahak ve layık olan köylüdür. Onun için, Türkiye Büyük Millet Meclisi'nin iktisadi siyaseti bu aslî gayeye erişmek maksadını güder.

Türk milletinin son yıllarda gösterdiği harikaların yaptığı siyasi ve sosyal inkılapların gerçek sahibi kendisidir. Milletimizde bu kabiliyet ve tekâmül var olmasaydı, onu yaratmaya hiçbir kuvvet ve kudret yeterli olamazdı.

§

Amerika, Avrupa ve bütün uygarlık dünyası bilmelidir ki Türkiye halkı her uygar ve kabiliyetli millet gibi kayıtsız şartsız hür ve müstakil yaşamaya kesin karar vermiştir. Bu haklı kararı bozmaya yönelik her kuvvet, Türkiye'nin ebedi düşmanı kalır.

§

Cumhuriyetimiz öyle zannolunduğu gibi zayıf değildir. Cumhuriyet bedava da kazanılmış değildir. Bunu elde etmek için kan döktük. Her tarafta kırmızı kanımızı akıttık. İcabında müesseselerimizi müdafaa için lazım olanı yapmaya hazırız.

§

Benim naçiz vücudum bir gün elbet toprak olacaktır fakat Türkiye Cumhuriyeti sonsuza dek yaşayacaktır. Ve Türk milleti güven ve mutluluğun kefili olan ilkelerle, uygarlık yolunda, tereddütsüz yürümeye devam edecektir.

Demokrasi ilkesi, egemenliğin millette olduğunu, başka yerde olamayacağını gerektirir. Bu suretle demokrasi ilkesi, siyasi kuvvetin, egemenliğin kaynağına ve meşruiyetine temas etmektedir. Demokrasinin tam ve en belirgin hükumet şekli cumhuriyettir.

§

Eğitim ve öğretimde uygulanacak yol, bilgiyi insan için fazla bir süs, bir zorbalık vasıtası, yahut medeni bir zevkten ziyade maddi hayatta muvaffak olmayı temin eden pratik ve kullanılması mümkün bir cihaz haline getirmektir.

§

Güzel sanatlarda başarı, bütün inkılapların başarıldığının en kesin delilidir. Bunda başarılı olamayan milletlere ne yazıktır. Onlar, bütün başarılarına rağmen uygarlık alanında yüksek insanlık sıfatıyla tanınmaktan daima mahrum kalacaklardır.

§

Gençlerimiz ve aydınlarımız ne için yürüdüklerini ve ne yapacaklarını evvela kendi dimağlarında iyice kararlaştırmalı, onları halk tarafından iyice sindirimi ve kabulü mümkün bir hale getirmeli, onları ancak ondan sonra ortaya atmalıdır.

Her ne suretle olursa olsun, hizmet edenler milletten büyük mükafatlar bekliyorsa katiyen doğru bir harekette bulunmuş olmazlar. Milletten çok şey istememeliyiz. Hizmet edenler, namus vazifelerini yerine getirmiş olmaktan başka bir şey yapmamışlardır.

§

İleri hükûmetçiliğin ayırıcı özelliği halkı, kudretine olduğu kadar şefkatine de samimiyetle inandırabilmesidir. Büyük küçük bütün cumhuriyet memurlarında bu zihniyetin en geniş ölçüde gelişmesine önem vermek, çok yerinde olur.

§

Türk dilinin sadeleştirilmesi, zenginleştirilmesi ve kamuoyuna bunların benimsetilmesi için her yayın aracından faydalanmalıyız. Her aydın hangi konuda olursa olsun yazarken buna dikkat edebilmeli, konuşma dilimizi ise ahenkli, güzel bir hale getirmeliyiz.

§

Kadınlarımız ilim ve fen sahibi olacaklar ve erkeklerin geçtikleri bütün öğretim basamaklarından geçeceklerdir. Kadınlar toplum yaşamında erkeklerle birlikte yürüyerek birbirinin yardımcısı ve destekçisi olacaklardır.

Türk milliyetçiliği, ilerleme ve gelişme yolunda milletlerarası temas ve ilişkilerde, bütün çağdaş milletlere paralel ve onlarla bir ahenkte yürümekle beraber, Türk toplumunun hususî seciyelerini ve başlı başına müstakil hüviyetini korumaktır.

§

Uygarlık yolunda yürümek ve başarılı olmak, yaşamın şartıdır. Bu yol üzerinde duraklayanlar ya da yol üzerinde ileri değil, geriye bakmak bilgisizliği ve aymazlığında bulunanlar, genel uygarlığın coşkun seli altında boğulmaya mahkûmdur.

§

Ben diktatör değilim. Benim kuvvetim olduğunu söylüyorlar. Evet bu doğrudur. Benim isteyip de yapamayacağım bir şey yoktur. Çünkü ben zoraki ve insafsızca hareket etmesini bilmem. Ben kalpleri kırarak değil kazanarak hükmetmek isterim.

§

Yoksul kadın, hiçbir şeyi olmayan kadın anlamında alınmıştır. Halbuki kadın denilen varlık, bizatihi yüksek bir varlıktır. Onun yoksulluğu olamaz. Kadına yoksul demek, onun bağrından kopup gelen bütün insanlığın yoksulluğu demektir.

Türkiye Cumhuriyeti'nde herkes Allah'a istediği gibi ibadet eder. Türk Cumhuriyeti'nin resmi dini yoktur. Türkiye'de bir kimsenin fikirlerini, zorla başkalarına kabul ettirmeye kalkışacak kimse yoktur ve buna müsaade edilemez.

§

Benim, Türk Milleti için yapmak istediklerim ve başarmaya çalıştıklarım ortadadır. Benden sonra, beni benimsemek isteyenler, bu temel eksen üzerinde akıl ve bilimin kılavuzluğunu benimserse, manevî mirasçılarım olurlar.

§

Bütün görevlerin üstünde bizim de bir vicdanî görevimiz vardı; o da, herkesin sudan bir takım görevler yaptığı sırada yaşamımızı, varlığımızı bu ulusun bağrına sokarak, onlarla birlikte düşman karşısında uğraşmak olmuştur!

§

Ölüme doğru en çok atılanlardan biriyim. Kurşun ve gülle yağmuru altında birçok savaşa katıldım. Hattâ ölüm bir kez, kalbimin yanından sıyırarak geçti. Kalbimin üzerinde bir saat vardı ve bu saat, mermi parçasının sertliğini kırdı.

30 Ağustos'ta sevk ettiğim ve yönettiğim savaş, Türk Milleti'nin yanımda bulunduğu halde, yönettiğim ilk ve son savaştır. Bir insan kendini, ulusla birlikte hissettiği zaman, ne kadar güçlü buluyor bilir misiniz? Bunu anlatmak zordur.

§

Yaşamımda en büyük dayanak ve gücüm, vatandaşlarımdan gördüğüm güven ve destekdir. Bütün görevlerimde manevî, vicdanî olan en büyük kuşkum, emanetinizin saygınlığı ve kutsallığına sürekli olarak dikkat etmektir.

§

İçten olarak bu memleketin, bu ulusun çıkarlarına yapılacak bir iş olsun, ben onu göz önüne almayayım; bu, olası değildir. Yalnız, işin gerçekten ulusa yararı olmalı ve önerinin içten olarak yapıldığına ben inanmalıyım.

§

Benim için dünyada en büyük mevki ve ödül, ulusun bir bireyi olarak yaşamaktır. Eğer Cenab-ı Hak beni bunda başarılı kıldı ise, şükrederim. Bugün olduğu gibi ömrümün sonuna kadar milletin hizmetinde olmakla övüneceğim.

Gençler cesaretimizi takviye ve idame eden sizlersiniz. Siz, almakta olduğunuz terbiye ve irfan ile insanlık ve medeniyetin, vatan sevgisinin, fikir hürriyetinin en kıymetli timsali olacaksınız. Yükselen yeni nesil, istikbal sizsiniz. Cumhuriyet'i biz kurduk, onu yükseltecek ve yaşatacak sizsiniz.

§

Birçok güçlükler ve engeller karşısında bulunduğumuzu biliyoruz. Bunların hepsini inceleme ile, gayret ve iman ile ve millet aşkının sarsılmaz kuvvetiyle birer birer çözüp sonuçlandıracağız. O millet aşkı ki, her şeye rağmen içimizde sönmez bir kuvvet, dayanıklılık ve ateş kaynağıdır.

§

Milli his ile dil arasındaki bağ çok kuvvetlidir. Dilin milli ve zengin olması, milli hissin gelişmesinde başlıca etkendir. Türk dili, dillerin en zenginlerindendir. Yeter ki, bu dil şuurla işlensin. Ülkesini, yüksek bağımsızlığını korumasını bilen Türk milleti, dilini de yabancı diller boyunduruğundan kurtarmalıdır.

§

Bugün hepimize düşen ortak görev; ulusal değerlere, bilince, Cumhuriyet'e sahip çıkmak, Çanakkale'yi, Kurtuluş Savaşı'nı kazanan ruhu korumak ve bu bilinci gelecek kuşaklara aktarmaktır. Türk Milleti dili, kültürü, tarihi ve saygın kimliğiyle aydınlık yarınlara el ele güçlü biçimde yürüyecektir.

Hiçbir tutarlı kanıta dayanmayan birtakım geleneklerin, inanışların korunmasında ısrar eden milletlerin ilerlemesi çok güç olur; belki de hiç olmaz. İlerlemede geleneklerin kayıt ve şartlarını aşamayan milletler, hayatı, akla ve gerçeklere uygun olarak göremez.

§

İnsan topluluğu kadın ve erkek denilen iki cins insandan mürekkeptir. Kabil midir ki, bu kütlenin bir parçasını ilerletelim, ötekini ihmal edelim de kütlenin bütünlüğü ilerleyebilsin? Mümkün müdür ki, bir cismin yarısı toprağa zincirlerle bağlı kaldıkça öteki kısmı göklere yükselebilsin?

§

Din bir vicdan meselesidir. Herkes vicdanının emrine uymakta serbesttir. Biz dine saygı gösteririz. Düşünüşe ve düşünceye muhalif değiliz. Biz sadece din işlerini, millet ve devlet işleriyle karıştırmamaya çalışıyor, kasde ve fiile dayanan taassupkâr hareketlerden sakınıyoruz.

§

Türk Milleti yeni bir iman ve kesin bir milli azim ile yeni bir devlet kurmuştur bu devletin dayandığı esaslar "Tam Bağımsızlık" ve "Kayıtsız Şartsız Milli Egemenlik"ten ibarettir. Yeni Türkiye devletinin yapısının ruhu Milli Egemenlik'tir. Milletin Kayıtsız Şartsız Egemenliğidir...

Ben, 1919 yılı Mayıs'ı içinde Samsun'a çıktığım gün elimde maddi hiçbir kuvvet yoktu. Yalnız büyük Türk milletinin soyluluğundan doğan ve benim vicdanımı dolduran yüksek ve manevi bir kuvvet vardı. İşte ben bu ulusal kuvvete, bu Türk Milleti'ne güvenerek işe başladım.

§

Bir hükûmet iyi midir, fena mıdır? Hangi hükûmetin iyi veya fena olduğunu anlamak için, Hükûmetten gaye nedir? Bunu düşünmek lazımdır. Hükûmetin iki hedefi vardır. Biri milletin korunması, ikincisi milletin refahını temin etmek. Bu iki şeyi temin eden hükûmet iyi, edemeyen fenadır.

§

Bizi yanlış yola sevk eden kötü yaradılışlılar, çok kere din perdesine bürünmüşler, saf ve temiz halkımızı hep din kuralları sözleriyle aldatagelmişlerdir. Tarihimizi okuyunuz, dinleyiniz... Görürsünüz ki milleti mahveden, esir eden, harap eden fenalıklar hep din örtüsü altındaki küfür ve kötülükten gelmiştir.

§

Biz, her vasıtadan yalnız ve ancak bir tek temel görüşe dayanarak yararlanırız. O görüş şudur: Türk milletini medenî dünyada lâyık olduğu mevkie yükseltmek, Türkiye Cumhuriyeti'ni sarsılmaz temelleri üzerinde her gün daha çok güçlendirmek ... ve bunun için de istibdat fikrini öldürmek...

Cumhuriyet, ahlâkî fazilete dayanan bir idaredir. Cumhuriyet fazilettir. Sultanlık, korku ve tehdide dayanan bir idaredir. Cumhuriyet idaresi faziletli ve namuslu insanlar yetiştirir. Sultanlık, korkuya ve tehdide dayandığı için korkak, alçak, sefil ve rezil insanlar yetiştirir. Aradaki fark bunlardan ibarettir.

§

Dünya'nın hiçbir yerinde, hiçbir milletinde, Anadolu köylü kadınının üstünde kadın mesaisi zikretmek imkânı yoktur ve Dünya'da hiçbir milletin kadını Ben Anadolu kadınından daha fazla çalıştım, milletimi kurtuluşa ve zafere götürmekte Anadolu kadını kadar emek verdim diyemez.

§

Geçen zamana nispetle, daha çok çalışacağız. Daha az zamanda, daha büyük işler başaracağız. Bunda da muvaffak olacağımıza şüphem yoktur. Çünkü, Türk milletinin karakteri yüksektir. Türk milleti çalışkandır. Türk milleti zekidir. Çünkü Türk milleti milli birlik ve beraberlikle güçlükleri yenmesini bilmiştir.

§

Kültür işlerimiz üzerine, ulusça gönüllerimizin titrediğini bilirsiniz. Bu işlerin başında da Türk tarihini, doğru temelleri üstüne kurmak, öz Türk diline değeri olan genişliği vermek için candan çalışmakta olduğumuzu söylemeliyim. Bu çalışmaların göz kamaştırıcı verimlere erişeceğine şimdiden inanabiliriz.

Millî müdafaamızı, düşmanların bayrakları, babalarımızın ocakları üstünden çekilinceye kadar terk edemeyiz. İstanbul mabetleri etrafında düşman askerleri gezdikçe, öz vatan toprakları üstünden yabancı adamların ayakları çekilmedikçe biz mücadelemizde devam etmeye mecburuz.

§

Türk Cumhuriyeti'nin en esaslı prensiplerinden biri olan yurtta barış, dünyada barış gayesi, insaniyetin ve medeniyetin refah ve ilerlemesinde en esaslı etken olsa gerektir. Buna elimizden geldiği kadar hizmet etmiş ve etmekte bulunmuş olmak bizim için övünülecek bir harekettir.

§

Bir başka çağdan kalma adetlerinizde, alışkanlıklarınızda direnirseniz, cüzzamlılar, paryalar gibi tek başınıza kala kalırsınız. Benliğinize bağlı kalın ama, gelişmiş uluslar için gerekli olan şeyleri Batı'dan almasını bilin. Yoksa, bilim ve yeni düşünceler sizi bir lokmada yiyip bitirebilirler.

§

Birtakım şeyhlerin, dedelerin, seyyitlerin, çelebilerin, babaların, emirlerin arkasından sürüklenen ve falcılara, büyücülere, üfürükçülere, muskacılara talih ve hayatlarını emanet eden insanlardan mürekkep bir kütleye, medeni bir bir millet nazariyle bakılabilir mi?

Pekâlâ bilirsiniz ki benim bütün yaşantımda bu ana kadar güttüğüm amaç hiçbir zaman kişisel olmamıştır. Her ne düşünmüş ve her neye girişmiş isem, sürekli olarak ülkenin, ulusun ve ordunun adına ve yararına olmuştur. Hiçbir zaman kendi üstünlüğümü ve sivrilmemi göz önüne almamışımdır.

§

Ulusumla yakından ve gösterişten uzak karşılıklı görüşmenin zevkini, mutluluğunu anlatamam. Her ne zaman ulusumun karşısında kendimi görsem, her ne zaman ulusumun bireylerinden birkaçının yüzüne baksam, oradan ruh ve vicdanıma gelen ışık, benim için en değerli bir esin ve verim alevi oluyor!

§

Sizden olan bir kişiye, sizden fazla önem vermek, her şeyi ulusun bir bireyinin kişiliğinde odaklaştırmak, geçmişe, bugüne, geleceğe, bütün bu zamanlara ait bir toplumun sorunlarının aydınlatılması ve belirtilmesini, yüksek bir topluluğun tek bir kişisinden beklemek kuşkusuz ki size yaraşmaz, kuşkusuz ki gereksizdir.

§

Eşini mutlu edebilecek herkes evlenmelidir, çoluk-çocuk sahibi olmalıdır. Bana bakmayınız; bu konuda örnek İsmet Paşa'dır. Benim yaşantım başka türlü düzenlenmiştir. Buna karşın deneyimledim. Sonradan anladım ki bu iş benim başarabileceğim iş değilmiş...

Bir milletin kültür düzeyi üç safhada; devlet, düşünce ve ekonomideki çalışma ve başarılarının özüyle ölçülür. Basın hürriyetinden doğan mahzurların giderilme vasıtası, yine basın hürriyetidir. Bizim akıl, mantık ve zekâ ile hareket etmek şiarımızdır. Bütün hayatımızı dolduran vakalar bu hakikatin delilidirler.

§

Uluslar, egemenliklerini geçici bile olsa, bırakacağı meclislere dahi gereğinden fazla inanmamalı ve güvenmemelidir. Çünkü meclisler bile despotluk yapabilir ve bu despotluk bireysel despotluktan daha tehlikeli olabilir. Meclislerin öyle kararları olabilir ki, bu kararlar ulusun yaşamına giderilmesi olanaklı olmayan zararlar verebilir.

§

Küçük hanımlar, küçük beyler! Sizler hepiniz geleceğin bir gülü, yıldızı, bir mutluluk parıltısısınız! Ülkeyi asıl aydınlığa boğacak sizsiniz. Kendinizin ne kadar önemli, değerli olduğunuzu düşünerek ona göre çalışınız. Sizlerden çok şeyler bekliyoruz; kızlar, çocuklar!

§

Memleket işlerinde, millet işlerinde, gerçek işlerde duyguya, hatıra, kardeşliğe ve dostluğa bakılmaz.

Bunca asırlarda olduğu gibi, bugün dahi, milletlerin bilgisizliğinden ve taassubundan istifade ederek binbir türlü siyasi ve şahsı maksat ve menfaat temini için dini alet ve vasıta olarak kullanmak teşebbüsünde bulunanların, içeride ve dışarıda varlığı, bizi bu konuda söz söylemekten ne yazık ki henüz uzak bulundurmuyor.

§

Büyük dinimiz çalışmayanın insanlıkla hiç ilgisi olmadığını bildiriyor. Bazı kimseler çağdaş olmayı kâfir olmak sayıyorlar. Asıl küfür onların bu zannıdır. Bu yanlış tefsiri yapanların maksadı İslâmların kâfirlere esir olmasını istemek değil de nedir? Her sarıklıyı hoca sanmayın, hoca olmak sarıkla değil, dimağladır.

§

Dünyada her şey için, maddiyat için, maneviyat için, hayat için, başarı için en hakikî yol gösterici ilimdir, fendir. İlim ve fennin dışında yol gösterici aramak gaflettir, cahilliktir, doğru yoldan sapmaktır. Yalnız ilmin ve fennin yaşadığımız her dakikadaki safhalarının gelişimini anlamak ve ilerlemeleri zamanında takip etmek şarttır.

§

Türkiye emperyalizme karşı mücadelesiyle iyi örnek olmuşsa bundan çok büyük mutluluk duyacağım.

Memleketimizi bir çember içine alıp dünya ile alakasız yaşayamayız. Aksine yükselmiş, ilerlemiş, medenî bir millet olarak medeniyet düzeyinin üzerinde yaşayacağız. Bu hayat ancak ilim ve fen ile olur. İlim ve fen nerede ise oradan olacağız ve her millet ferdinin kafasına koyacağız. İlim ve fen için kayıt ve şart yoktur.

§

Yaptıklarımızı asla kâfi görmeyiz. Çünkü daha çok ve daha büyük işler yapmak mecburiyetinde ve azmindeyiz. Yurdumuzu Dünya'nın en mamur ve en medenî memleketleri seviyesine çıkaracağız. Milletimizi en geniş refah vasıta ve kaynaklarına sahip kılacağız. Millî kültürümüzü, muasır medeniyet seviyesinin üstüne çıkaracağız.

§

Bir kere memlekette topraksız köylü bırakmamalıdır. Bir çiftçi ailesini geçindirebilen toprağın hiç bir sebep ve suretle bölünemez bir mahiyet alması, büyük çiftçi ve çiftlik sahiplerinin işletebilecekleri arazi genişliği arazinin bulunduğu memleket bölgelerinin nüfus yoğunluğuna ve toprak verim derecesine göre sınırlanması gerekir.

§

Bu millet kılı kıpırdamadan dava uğruna canını vermeye razı olmasaydı ben hiçbir şey yapamazdım.

Bir milletin başarısı, mutlaka bütün milli güçlerin bir istikamette oluşmasıyla mümkündür. Bu nedenle bilelim ki, elde ettiğimiz başarı, milletin güç birliği etmesinden, ortak hareket etmesinden ileri gelmiştir. Eğer aynı başarı ve zaferleri gelecekte de tekrarlamak istiyorsak, ayni esasa dayanalım ve aynı şekilde yürüyelim.

§

Bir zamanlar gelir, beni unutmak veya unutturmak isteyen çalışmalar belirebilir. Düşüncelerimi yadsıyanlar ve beni yerenler çıkabilir. Hatta bunlar, benim yakın bildiğim ve inandıklarım arasından bile olabilir. Ancak, ektiğimiz tohumlar o kadar özlü ve güçlüdür ki bu düşünceler, Hint'ten, Mısır'dan döner dolaşır gene gelir, verimli sonuçları kalpleri doldurur.

§

Benim şan ve onurumdan sözetmek de hatadır. İyi dinleyiniz öğüdüm budur ki, içinizden herhangi bir adam çıkar, şan, onur davası güder ve benzersiz olmak isterse, başınızın belasıdır; ilk önce kafası kırılacak adam budur! Üyesi olduğum Türk Milleti'nin şan ve onuru varsa, benim de bir bireyi olmak sıfatıyla şanım onurum vardır, asla başka değilim.

§

Ben, ancak daha iyisini yapabildiğim şeyi bozarım; yapamayacağım şeyi de bozmam.

Türkiye Cumhuriyeti'nin, özellikle bugünkü gençliğine ve yetişmekte olan çocuklarına hitap ediyorum: Batı senden, Türk'ten çok geriydi. Manada, fikirde, tarihte bu böyleydi. Eğer bugün Batı teknikte bir üstünlük gösteriyorsa, ey Türk Çocuğu, o kabahat da senin değil, senden öncekilerin affedilmez ihmalinin bir sonucudur. Şunu da söyleyeyim ki, çok zekisin! .. Bu belli. Fakat zekânı unut! .. Daima çalışkan ol...

§

Ben düşündüklerimi, sevdiklerime olduğu gibi söylerim. Aynı zamanda gerekli olmayan bir sırrı kalbimde taşımak kudretinde olmayan bir adamım. Çünkü ben, bir halk adamıyım. Ben düşündüklerimi her zaman halkın önünde söylemeliyim. Yanlışım varsa halk beni yalanlar. Ancak şimdiye kadar bu açık konuşmada halkın beni yalanladığını görmedim.

§

Bir milletin başarısı, mutlaka bütün milli güçlerin bir istikamette oluşmasıyla mümkündür. Bu nedenle bilelim ki, elde ettiğimiz başarı, milletin güç birliği etmesinden, ortak hareket etmesinden ileri gelmiştir. Eğer aynı başarı ve zaferleri gelecekte de tekrarlamak istiyorsak, aynı esasa dayanalım ve aynı şekilde yürüyelim.

§

Efendiler, bizim milletimiz vatanı için, hürriyeti ve hakimiyeti için fedakar bir halktır; bunu ispat etti.

Kadınlarımız için asıl mücadele alanı, asıl zafer kazanılması gereken alan, biçim ve kılıkta başarıdan çok, ışıkla, bilgi ve kültürle, gerçek faziletle süslenip donanmaktır. Ben muhterem hanımlarımızın Avrupa kadınlarının aşağısında kalmayacak, aksine pek çok yönden onların üstüne çıkacak şekilde ışıkla, bilgi ve kültürle donanacaklarından asla şüphe etmeyen ve buna kesinlikle emin olanlardanım.

§

Anaların bugünkü evlatlarına vereceği terbiye eski devirlerdeki gibi basit değildir. Bugünün anaları için gerekli vasıfları taşıyan evlat yetiştirmek, evlatlarını bugünkü hayat için faal bir uzuv haline koymak pek çok yüksek vasıflar taşımalarına bağlıdır. Onun için kadınlarımız, hattâ erkeklerimizden çok aydın, daha çok feyizli, daha fazla bilgili olmaya mecburdurlar; eğer hakikaten milletin anası olmak istiyorlarsa.

§

Bir toplumun eksikliği ne olabilir? Ulusu ulus yapan, ilerleten ve geliştiren güçler vardır: Düşünce güçleri, sosyal güçler. Düşünceler, anlamsız, yararsız, akla sığmaz saçmalarla dolu olursa o düşünceler hastalıklıdır. Bir de toplumsal yaşayış, akıldan mantıktan uzak, yararsız, zararlı birtakım görenek ve geleneklerle dopdolu olursa yaşama sayılamaz. İlerleyemez, gelişemez, inmeliler gibi olduğu yerde bocalar kalır.

Bugünkü hükümetimiz, devlet örgütümüz doğrudan doğruya milletin kendi kendine, kendiliğinden yaptığı bir devlet örgütü ve hükumettir ki onun ismi Cumhuriyet'tir. Artık hükumet ile millet arasında mazideki ayrılık kalmamıştır. Hükümet millettir ve millet hükümettir. Artık hükümet ve hükümet mensupları kendilerinin milletten ayrı olmadıklarını ve milletin efendi olduğunu tamamen anlamışlardır.

§

Hakikaten memlekete hizmet etmek isteyenlerin kalbi açık olmalıdır; açık söylemelidir. Millet ile, milleti sevk ve idare edenler çok açık görüşmelidirler. Olan şeyler ve yapılacak şeyler olduğu gibi ifade olunmalıdır. Yoksa safsatalar ile milleti aldatmak, onu birbirine düşürmek demektir. Kuralımız, daima millete karşı gerçekleri ifade olmalıdır. Milleti aydınlatma, bu demektir.

§

Ben o adamım ki ordunun ülkeyi, ulusu kesinlikle bir sonuca götürebileceği noktalarda emir veririm. Fakat bilim ve özellikle toplumsal bilim sahasına giren işlerde ben emir vermem. Bu alanda, isterim ki bana bilginler doğru yolu göstersinler. Onun için, siz kendi biliminize, kültürünüze güveniyorsanız, bana söyleyiniz. Toplumsal bilimin güzel yönlerini gösteriniz, ben izleyeyim.

Yorulmadan beni takip edeceğinizi söylüyorsunuz. Fakat arkadaşlar, yorulmadan ne demek? Yorulmamak olur mu? Elbette yorulacaksınız. Benim sizden istediğim şey yorulmamak değil, yorulduğunuz zaman dahi durmadan yürümek, yorulduğunuz dakikada da dinlenmeden beni takip etmektir. Yorgunluk her insan, her mahlûk için tabii bir halettir, fakat insanda yorgunluğu yenebilecek mânevi bir kuvvet vardır ki, işte bu kuvvet yorulanları dinlendirmeden yürütür.

§

Öğretmenler! Cumhuriyet'in fedakâr öğretmen ve eğitimcileri, yeni nesli sizler yetiştireceksiniz. Ve yeni nesil sizin eseriniz olacaktır. Eserin kıymeti, sizin beceriniz ve fedakârlığınızın derecesiyle orantılı olacaktır. Cumhuriyet fikren, ilmen, fennen, bedenen kuvvetli ve yüksek karakterli koruyucular ister. Yeni nesli, bu özellik ve kabiliyette yetiştirmek sizin elinizdedir... Sizin başarınız Cumhuriyet'in başarısı olacaktır.

§

Çalışmadan, öğrenmeden, yorulmadan rahat yaşamanın yollarını alışkanlık haline getirmiş milletler; evvela haysiyetlerini, sonra hürriyetlerini ve daha sonra da istikballerini kaybetmeye mahkûmdurlar. Devlet ve milletin mukadderatında milli irade amil ve hâkimdir. Din ve mezhep hiçbir zaman politika aleti olarak kullanılamaz. Dünya'da hükümet için kanuni yalnız ve tek bir esas vardır. O da karşılıklı görüşme ve danışmadan ibarettir.

Ben toprak büyütme meraklısı değilim. Barış bozma alışkanlığım yoktur. Ancak sözleşmeye dayanan hakkimizin isteğicisiyim. Onu almazsam edemem. Büyük meclisin kürsüsünden milletime söz verdim. Hatay'ı alacağım. Milletim benim dediğime inanır. Sözümü yerine getirmezsem milletimin huzuruna çıkamam. Yerimde kalamam. Ben şimdiye kadar yenilmedim, Yenilmem. Yenilirsem bir dakika yaşayamam.

§

Allah bilir, yaşantımda bugüne kadar orduya yararlı bir üye olabilmekten başka vicdanî bir amaç edinmedim. Çünkü vatanın korunması, ulusun mutluluğu için her şeyden önce ordumuzun, eski Türk ordusu olduğunu dünyaya bir daha kanıtlamak gerekliliğine çoktan inanmış idim. Bu inanca ait amaçlarımın sertliği, olasıdır ki beni oldukça aşırı davranışlı göstermişti. Fakat zaman, saf ve temiz beyinlerden doğan düşünsel gerçekleri -kabulünden çekinilse dahi- uygulattırır.

§

Arkadaşlarımız ve ulusun bütün bireyleri gibi, ulusal davamızda benim de emeğim geçmiş ise, bu çalışmada iş yapma gücü ve başarı varsa, bunu bana yüklemeyiniz. Ancak ve ancak bütün ulusun manevî kişiliğine yükleyiniz. Ben, ulusun bu yüksek, manevî kişiliği içinde bir naçiz birey olmakla mutluyum. Efendiler, ulus bütünüyle manevî bir kişi halinde ve bir birleşmiş kitle şeklinde belirdi ve bu yüce birliği koruyarak ona düşman olanları ortadan kaldırdı.

Milletlerin tarihinde bazı dönemler vardır ki, belli amaçlara erişebilmek için maddî ve manevî ne kadar kuvvet varsa hepsini bir araya toplamak ve aynı doğrultuya yöneltmek gerekir. Yakın yıllarda milletimiz, böyle bir toplanma ve birleşme hareketinin önemli sonuçlarını kavramıştır. Memleketin ve devrimin, içeriden ve dışarıdan gelebilecek tehlikelere karşı korunması için, bütün milliyetçi ve cumhuriyetçi kuvvetlerin bir yerde toplanması gerekir. Aynı cinsten olan kuvvetler, ortak amaç yolunda birleşmelidir.

§

Bu memleket dünyanın beklemediği, asla umut etmediği ayrıcalıklı bir varoluşa sahne oldu. Bu sahne en az 7 bin senelik bir Türk beşiğidir. Beşik doğanın rüzgârıyla sallandı; beşiğin içindeki çocuk doğanın yağmurlarıyla yıkandı, o çocuk doğanın şimşeklerinden, yıldırımlarından, kasırgalarından evvela korkar gibi oldu sonra onlara alıştı; Onların oğlu oldu. Bir gün o doğa çocuğu, Doğa oldu; şimşek, yıldırım, güneş oldu; Türk oldu... Türk budur. Yıldırımdır, kasırgadır, dünyayı aydınlatan güneştir.

§

Ben size taarruz emretmiyorum. Ölmeyi emrediyorum. Biz ölünceye kadar geçecek zaman içinde yerimize başka kuvvetler ve başka komutanlar geçebilir.

İki Mustafa Kemal vardır: Biri ben, et ve kemik, geçici Mustafa Kemal... İkinci Mustafa Kemal, onu ben kelimesiyle ifade edemem; o, ben değil, bizdir! O, memleketin her köşesinde yeni fikir, yeni hayat ve büyük ülkü için uğraşan aydın ve savaşçı bir topluluktur. Ben, onların rüyasını temsil ediyorum. Benim teşebbüslerim, onların özlemini çektikleri şeyleri tatmin içindir. O Mustafa Kemal sizsiniz, hepinizsiniz. Geçici olmayan, yaşaması ve başarılı olması gereken Mustafa Kemal odur!

§

Bütün ilerlemeler, insan fikrinin eseridir. Fikri harekete getirmek, birinci işimiz olmalıdır. Bir kere millet benliğine hakim olsun ve düşünebilsin, yeter! Başlangıçta hatalı düşünse de, az zaman sonra bu hatayı düzeltebilir. Fikir bir kere faaliyete başladı mı, her şey yavaş yavaş düzene girer ve düzelir. Fikrin serbest hareketi ise, ancak bireyin düşündüğünü serbest olarak söylemek, yazmak ve verdiği karara göre her türlü girişimde bulunmak serbestisine sahip olmakla mümkündür.

§

Eğitim işlerinde behemahal muzaffer olmak lazımdır. Bir milletin hakiki kurtuluşu ancak bu surette olur.

§

Acizler için imkânsız, korkaklar için müthiş gözüken şeyler kahramanlar için idealdir.

Millî hedef belli olmuştur. Ona ulaşacak yolları bulmak zor değildir. Önemli olan, çetin olan o yollar üzerinde çalışmaktır. Denebilir ki hiçbir şeye muhtaç değiliz. Yalnız tek bir şeye çok ihtiyacımız vardır: Çalışkan olmak. Toplumsal hastalıklarımızı incelersek temel olarak bundan başka, bundan önemli bir hastalık keşfedemeyiz; hastalık budur. O halde ilk işimiz bu hastalığı esaslı bir şekilde tedavi etmektir. Milleti çalışkan yapmaktır. Servet ve onun doğal sonucu olan refah ve mutluluk, yalnız ve ancak çalışkanların hakkıdır.

§

Yaşamımın bütün dönemlerinde olduğu gibi, son zamanların bunalımları ve büyük sıkıntıları arasında da bir dakika geçmemiştir ki, her türlü huzur ve rahatımı, her türlü kişisel duygularımı ulusun kurtuluşu ve mutluluğu uğruna vermekten zevk duymayayım. Gerek askerî yaşantımın ve gerek siyasi yaşantımın bütün dönem ve bölümlerini kapsayan savaşımlarımda sürekli hareket kuralım, ulusal istence dayanarak ulusun ve vatanın gereksinim duyduğu amaçlara yürümek olmuştur.

§

Türk milletinin istidadı ve kati kararı medeniyet yolunda durmadan, yılmadan ilerlemektir.

§

Beni ulusum nereye isterse oraya gömsün; fakat, benim anılarımın yaşayacağı yer Çankaya olacaktır.

Benim tutkularım var, hem de pek büyükleri; fakat bu tutkular, yüksek mevkiler işgal etmek veya büyük paralar elde etmek gibi maddî amaçların doyumuyla ilgili bulunmuyor. Ben bu tutkularımın gerçekleşmesini, vatanıma büyük yararları dokunacak, bana da gerektiği gibi yapılmış bir görevin canlı iç rahatlığını verecek büyük bir düşüncenin başarısında arıyorum. Bütün yaşantımın ilkesi bu olmuştur. Ona çok genç yaşımda edindim ve son nefesime kadar da onu koruyacağım.

§

Ben görevimin bitmediğini, yüklendiğim sorumluluğun da yüksek ve çetin olduğunu anlıyorum. Arkadaşlar, bu görev bitmeyecektir; ben toprak olduktan sonra da sürecektir! Ben seve seve, sevine sevine bütün varlığımı bu kutsal göreve vereceğim ve onun yüksek sorumluluğunu yüklenmekle mutlu olacağım. Görevimi başarı ile sürdürebileceğim. Çünkü büyük ulusumuzun kalp ve vicdanında bana karşı sarsılmaz bir güven taşımakta olduğunu görüyorum. Bu benim için büyük güçtür, büyük yetkidir.

§

Türk çocuğu, ecdadını tanıdıkça daha büyük işler yapmak için kendinde kuvvet bulacaktır.

§

Devrimin amacını kavramış olanlar sürekli olarak onu koruma gücüne sahip olacaklardır.

Yeni evlenen bir kişinin gönlü yaşam, aşk ve mutluluk duygularıyla doludur. Bu, en değerli bir zamandır. İnsanlar, yaşamında bu parlak ve sevinçli dakikaları, ölünceye kadar hep aynı şekilde duygulanarak pek önemli ve yaşamı için tarihsel bir olay olarak anar. Ben, bunu denemedim; fakat, az çok yaşamı ve insanları incelediğim için bu sonucu buldum. Yaşamın çeşitli yönlerinden birkaçını görenler, evlendikten sonra keşfedilmemiş yönlerini de ister istemez gözlemlerler. Bu gözlemleme, pek tatlı olabildiği gibi pek acı da olabilir.

§

Büyük olmak için kimseye iltifat etmeyeceksin, hiç kimseyi aldatmayacaksın, ülke için gerçek amaç ne ise onu görecek ve o hedefe yürüyeceksin. Herkes senin aleyhinde bulunacaktır, herkes seni yolundan çevirmeye çalışacaktır. Fakat sen buna karşı direneceksin, önüne sonsuz engeller de yığacaklardır; kendini büyük değil küçük, zayıf, araçsız, hiç sayarak, kimseden yardım gelmeyeceğine inanarak bu engelleri aşacaksın. Bundan sonra da sana büyük derlerse, bunu söyleyenlere güleceksin.

§

Okul, genç beyinlere insanlığa saygıyı, millet ve ülkeye sevgiyi, bağımsızlık onurunu öğretir.

§

Biz büyük bir inkılap yaptık. Memleketi bir çağdan alıp yeni bir çağa götürdük.

Ulus ve ülkenin gölgesinde kazanılan rütbe ve gönencin bir önemi, bir kutsallığı vardır. Biz bunlardan, ancak yine bu aziz ulus ve ülkeye borçlu olduğumuz son bir namus görevini yapmak için ayrıldık. Ulusun kendi yaşamını kurtarmak, kendi yasal hakkını korumak için çıkardığı sese katılmak, her kendini bilen vatandaşın görevidir. Eğer bu ulus, bu memleket parçalanacak olursa genel şerefsizliğin yıkıntısı altında, şunun bunun kişisel şerefi de parça parça olur. Biz, o genel şerefi kurtarabilmek için harekete gelen ulusa ruhumuzla katıldık, katılımımıza engel olabilecek kişisel rütbeleri, mevkileri de genel şerefi kurtarmaya yönelik bir amaç uğruna hiçe saydık.

§

Ben, manevî miras olarak hiçbir kesin yargı, hiçbir dogma, hiçbir donmuş ve kalıplaşmış kural bırakmıyorum. Benim manevî mirasım, bilim ve akıldır. Benden sonrakiler, bizim aşmak zorunda olduğumuz çetin ve köklü zorluklar önünde, belki amaçlara tümüyle eremediğimizi, ancak asla ödün vermediğimizi, akıl ve bilimi kılavuz edindiğimizi onaylayacaklardır. Zaman hızla dönüyor, ulusların, toplulukların, bireylerin mutluluk ve mutsuzluk anlayışları bile değişiyor. Böyle bir dünyada, asla değişmeyecek yargılar getirdiğini savunmak, aklın ve bilimin gelişimini yadsımak olur.

§

Biz dünya medeniyeti ailesi içinde bulunuyoruz. Medeniyetin bütün icaplarını tatbik edeceğiz.

Yaşam kısadır. Bunu kutlama ve taçlandırma için, insanların genellikle makul gördükleri araç evliliktir. Bu genel kurala uymayanlar, pek sınırlı ve azdırlar. Bu ayrıklığı oluşturanlar da, asıl kuralın kötülüğünden değil ve ancak tersine bu güzel kurala inanmadan kendilerine izin vermeyen nedenlerin tutsağı olduklarından, belki evlenmiş olmaktan korktuklarından fazla mutsuz olanlardır. Yadsınamaz bir gerçektir ki insanlar, yaşam, kadınsız olamaz. Evli olanlar, yaşamın vazgeçilmezini elde etmiş ve bütün düşünce ve isteklerini bir iş, bir amaca yöneltmiş olur. Ancak talih, eşlerin ruh ve kalplerini iyi geçindirsin!

§

Şimdiye kadar ulusa yapamayacağım bir şeyin sözünü vermedim. Ben yapacağım dediğim zaman, buna inanmayanlar vardı. Buna karşın hareket ettim. Görüyorsunuz ki başardık. Benim ve benimle çalışanların güveni vardır ki, yeni hedeflerimize de başarıyla varacağız. Şimdiye kadar söylediklerimin gerçekleşmiş olması, bütün tasavvurlarımın beni yalanlamaması, ulusun ciddî ve içten olarak bana yardımcı ve destek olmasıyla olmuştur. Onun için yeni amaçlara erişmek için de bu yardım ve desteğe gereksinimim vardır; onu benden esirgemeyiniz!

§

Ey kahraman Türk kadını, sen yerde sürünmeye değil omuzlar üzerinde göklere yükselmeye layıksın.

Türk genci, devrimlerin ve cumhuriyetin sahibi ve bekçisidir. Bunların gereğine, doğruluğuna herkesten çok inanmıştır. Yönetim biçimini ve devrimleri benimsemiştir. Bunları güçsüz düşürecek en küçük ya da en büyük bir kıpırtı ve bir davranış duydu mu, "Bu ülkenin polisi vardır, jandarması vardır, ordusu vardır, adalet örgütü vardır," demeyecektir. Elle, taşla, sopa ve silahla; nesi varsa onunla kendi yapıtını koruyacaktır. Polis gelecek, asıl suçluları bırakıp, suçlu diye onu yakalayacaktır. Genç, "Polis henüz devrim ve cumhuriyetin polisi değildir.' diye düşünecek, ama hiç bir zaman yalvarmayacaktır. Mahkeme onu yargılayacaktır. Yine düşünecek, 'Demek adliyeyi ıslah etmek, rejime göre düzenlemek lazım," diyecek. Onu hapse atacaklar. Yasal yollarla karşı çıkışlarda bulunmakla birlikte bana, başbakana ve meclise telgraflar yağdırıp, haklı ve suçsuz olduğu için salıverilmesine çalışılmasını, kayrılmasını istemeyecek. Diyecek ki, "Ben inanç ve kanaatimin gereğini yaptım. Araya girişimde ve eylemimde haklıyım. Eğer buraya haksız olarak gelmişsem, bu haksızlığı ortaya koyan neden ve etkenleri düzeltmek de benim görevimdir."

İşte benim anladığım Türk genci ve Türk gençliği!

§

Hürriyet olmayan bir memlekette ölüm ve çöküş vardır. Her ilerleyişin ve kurtuluşun anası hürriyettir.

§

Medeni olmayan insanlar, medeni olanların ayakları altında kalmaya mahkûmdurlar.

Özgürlük ve bağımsızlık benim karakterimdir. Ben milletimin en büyük ve ecdadımın en değerli mirası olan bağımsızlık aşkı ile dolu bir adamım. Çocukluğumdan bugüne kadar ailevî, hususî ve resmî hayatımın her safhasını yakından bilenlerce bu aşkım malumdur. Bence bir millete şerefin, haysiyetin, namusun ve insanlığın vücut ve beka bulabilmesi mutlaka o milletin özgürlük ve bağımsızlığına sahip olmasıyla kaimdir. Ben şahsen bu saydığım vasıflara, çok ehemmiyet veririm. Ve bu vasıfların kendimde mevcut olduğunu iddia edebilmek için milletimin de aynı vasıfları taşımasını esas şart bilirim. Ben yaşayabilmek için mutlaka bağımsız bir milletin evladı kalmalıyım. Bu sebeple milli bağımsızlık bence bir hayat meselesidir. Millet ve memleketin menfaatleri icap ettirirse, insanlığı teşkil eden milletlerden her biriyle medeniyet icabı olan dostluk ve siyaset münasebetlerini büyük bir hassasiyetle takdir ederim. Ancak, benim milletimi esir etmek isteyen herhangi bir milletin, bu arzusundan vazgeçinceye kadar, amansız düşmanıyım.

§

Biz Türkler, bütün tarihimiz boyunca hürriyet ve istiklâle timsal olmuş bir milletiz.

§

Türk milletinin karakter ve adetlerine en uygun olan idare, cumhuriyet idaresidir.

Çoğu ailelerde öteden beri çok kötü bir alışkanlık var; çocuklarını söyletmez ve dinlemezler. Zavallılar söze karışınca Sen büyüklerin konuşmasına karışma! der, susturururlar. Ne kadar yanlış, hatta zararlı bir hareket! Halbuki tam tersine, çocukları serbestçe konuşmaya, düşündüklerini, duyduklarını olduğu gibi anlatmaya özendirmelidir; böylece hem hatalarını düzeltmeye olanak bulunur, hem de ileride yalancı ve ikiyüzlü olmalarının önüne geçilmiş olur. Kısacası çocuklarımızı artık, düşüncelerini hiç çekinmeden açıkça anlatmaya, içten inandıklarını savunmaya, buna karşılık da başkalarının içten düşüncelerine saygı beslemeye alıştırmalıyız. Aynı zamanda onların temiz yüreklerinde yurt, ulus, aile ve yurttaş sevgisiyle beraber doğruya, iyiye ve güzel şeylere karşı sevgi ve ilgi uyandırmaya çalışmalıdır. Bence bunlar, çocuk eğitiminde, ana kucağından en yüksek eğitim ocaklarına kadar her yerde, her zaman üzerinde durulacak önemli noktalardır. Ancak bu yolladır ki, çocuklarımız memlekete yararlı birer vatandaş ve eksiksiz birer insan olurlar.

§

Ben icap ettiği zaman en büyük hediyem olmak üzere, Türk Milleti'ne canımı vereceğim.

§

Biz barış istiyoruz dediğimiz zaman tam bağımsızlık dediğimizi herkesin anlaması gerekir.

Her zaman yineleme zorunluluğunda kalıyor ve yinelenmesini de yararlı görüyorum ki, eğer ben ulusuma herhangi bir yararlı işte bulunmuşsam, eğer ben herhangi bir girişimde ön ayak olmuşsam, bu hizmet ve girişimin temel kaynağı, saygılar ve sevgilerle bağlı olduğum, bundan sonra da saygı ve sevgiyle mutluluk ve gönencine varlığımı, yaşamımı vereceğim aziz ulusuma, sizlere dayanmaktadır. Bir ulusta güzel şeyler düşünen insanlar, olağanüstü işler yapmaya yetkin kahramanlar bulunabilir. Ama öyle kimseler yalnız başına hiçbir şey olamazlar; meğer ki bir genel duygunun dışavurumu, temsilcisi olsunlar! Ben ulusumun düşünce ve duygularını yakından tanımaktan, aziz ulusumda gördüğüm yetenek ve gereksinimi belirtmekten başka bir şey yapmadım. Onun bu yetenek ve duygularını sezip tanımakla övünüyorum. Ulusumdaki, bugünkü zaferleri doğurabilecek özelliği görmüş olmak... Bütün sevincim işte bundandır.

§

Adalet gücü bağımsız olmayan bir milletin, devlet halinde varlığı kabul olunamaz.

§

Toplumdaki başarısızlığın sebebi, kadınlarımıza karşı gösterdiğimiz ihmal ve kusurdan doğmaktadır.

Ben sanıyorum ki, ulus bireylerinin hiçbirinden fazla yüksekliğe sahip değilim. Bende fazla girişim görüldüyse bu benden değil, ulusun bileşkesinden çıkan bir girişimdir. Sizler olmasaydınız, sizlerin vicdanî eğilimleriniz bana dayanak noktası oluştumasaydı; bendeki girişimlerin hiçbiri olmazdı. Ulusa ait özellikleri yalnız bireylere bırakan anlayış, eski yönetimin sistem ve işleyiş durumundan doğuyordu. Zamanında var olan devlet ve devletlerin kuruluş biçimi, yalnızca bir bireyin çıkarlarını ve arzularını doyurmaya yönelmiş idi. Bireylerin bu arzu ve amaçlarına hizmet eden ulus, gösterilen büyüklüklerin şerefinden asla payını alamaz, ancak hata ve beceriksizlik olursa onlar ulusa yüklenirdi. Bugün bu hal yoksa, ulus kendi büyüklüğünü olduğu gibi dünyaya göstermişse, fazlalık bende değil, bugünkü yönetimin niteliğindedir. Bu biçim varoldukça, bu mevkiye çıkacak herkesin yapacağı şey bundan başka türlü olamaz.

§

Milletimiz davranışlarında ve gayretlerinde sarsılmaz bir bütünlük gösterdiği için başarılı olmuştur.

§

Savaş zaruri ve hayati olmalıdır. Milletin hayatı tehlikeye maruz kalmadıkça savaş bir cinayettir.

§

Büyük hedefimiz, milletimizi en yüksek medeniyet seviyesine ve refaha ulaştırmaktır.

Bombasırtı olayı (14 Mayıs 1915) çok önemli ve dünya savaş tarihinde eşine rastlanması mümkün olmayan bir olaydır. Karşılıklı siperler arası 8 metre, yani ölüm kesin. Birinci siperdekilerin hepsi kurtulmamacasına düşüyor. İkinci siperdekiler yıldırım gibi onların yerlerine gidiyor. Fakat ne kadar imrenilecek bir soğuk kanlılıkla biliyor musunuz? Bomba, şarapnel, kurşun yağmuru altında öleni görüyor, üç dakikaya kadar öleceğini biliyor ve en ufak bir çekinme bile göstermiyor. Sarsılma yok. Okuma bilenler Kuran-ı Kerim okuyor ve cennete gitmeye hazırlanıyor. Bilmeyenlerse Kelime-i şahadet getiriyor ve ezan okuyarak yürüyorlar. Sıcak, cehennem gibi kaynıyor. İşte bu Türk askerindeki ruh kuvvetini gösteren dünyanın hiçbir askerinde bulunmayan tebrike değer bir örnektir. Emin olmalısınız ki Çanakkale savaşlarını kazandıran bu yüksek ruhtur.

§

Bu millet kılı kıpırdamadan dava uğruna canını vermeye razı olmasaydı ben hiçbir şey yapamazdım.

§

Bu millete çok şey öğretebildim ama onlara uşak olmayı bir türlü öğretemedim.

§

Dünyada her şey için, medeniyet için, hayat için, başarı için, en hakiki mürşit bilimdir, fendir.

Ülke ve ulusun kurtuluşu ve mutluluğu için çalışmaktan başka bir amacım yoktur. Bu, bir insan için yeterli bir sevinç ve haz verir. Benimle birlikte olan arkadaşlarım, bütün vatandaşlarım da aynı amacı izlemektedirler. Kişisel ve ailevî huzur ve mutluluğun, ulusun huzur ve mutluluğuyla ayakta durduğunu, memleketin güvenlik ve dokunulmazlığıyla olası olduğunu gerçek ve ciddî bir biçimde anlamışlardır. Ben ve benimle birlikte olanlar, hedefimizin yüceliğine, yolumuzun doğruluğuna eminiz. Bunda asla kuşku ve kararsızlığımız yoktur. Ulusumuz, Türk Milleti'nin yakın, uzak tarihine gereği kadar bilgimiz vardır, Geçmişin derslerini, bugünün ve geleceğin yaşantısı için göz önünde tutmak uyanıklığından yoksun değiliz. Yaptığımız işlerle övünmüyoruz. Yapacağımız işlerin, övünç nedeni olabileceği umuduyla avunuyoruz.